叛逆の十七文字や天の鷹

男たちのブルース

もののふの汝《なれ》もひとりや寒椿

角川春樹
Kadokawa Haruki

思潮社

男たちのブルース

角川春樹

思潮社

男たちのブルース　角川春樹

目次

写真　浅井愼平
装幀　間村俊一

男たちのブルース

角川春樹

大腸癌のため、人工肛門を余儀なくされた秋山巳之流は俳諧の人であり、また一所不住の火宅の人であった。その秋山巳之流は、平成十九年十一月七日、発病後、十年を経て彼岸に発つことになった。この一行詩集『男たちのブルース』は、故・秋山巳之流に捧げる一本である。

火宅の人

秋山巳之流死す

男たちのブルース俺は此処にゐる

尿《しと》袋《ぶくろ》提げて銀河の人となる

亡きがらに添ひ寝ふた夜の天の川

天山の鶴来たるなり巳之流の日

晩秋や火宅の人と沖を見る

引き返す十字路なくて枯葉舞ふ

尿袋冬の星《せい》河《が》を渉《わた》りゆく

湯豆腐や火宅の人のなつかしき

二丁目に健次と巳之流のゐる霜夜

いづれゆく枯野の沖に光あり

もののふの汝《なれ》もひとりや寒椿

冬咲いて桜は暗き樹なりけり

鰤《ぶり》起《おこ》し家族といふは悲の器

それ以後の日の遠くなり竜の玉

にんげんに十字路のある冬の影

霜月や見えて渡らぬ橋があり

雨の駅十一月のはじまりぬ

枯葉舞ふ彼方に父の椅子がある

疑似《ぎじ》家族こころに虎落笛《もがり》を飼ふ

なぜ生まれ何処《どこ》へ還るか冬銀河

夕時雨いつかは帰る海がある
氷点を抱きし軀海鳴りす

存在といふ悲の器ありて冬

寒椿いのちを運ぶ詩を欲りぬ

霙《みぞ》れゐる健次と巳之流の来る夜は
湯豆腐や漢《おとこ》は歓《かん》を尽すべし

ゆく年の海に挽歌の火を焚けり
澄む水のごとくに年の流れゆく

ゆく年の何も持たざる手がありぬ

去年《こぞ》今年《ことし》かくも短き詩に執《しゅう》す

ゆく年の遥かな水に辿《たど》り着く
平凡ないのちがひとつ年を越す

人といふ寂しきものに初あかり

その中のひとつのこゝろや初御空

一月一日身ひとつ椅子にありにけり

湯豆腐やこの世のほかの世を想ふ

一行の詩の吹雪きゐる荒地かな

詩のつばさ飢餓海峡を越ゆるべし

餅焼くや寂しきものを人といふ

いのちあるものつぎつぎに初あかり

湯豆腐やとり残されし思ひあり

今日といふこころの色の冬の水

元日やいちにち遠き風の音

食《くい》積《つみ》やお前はどこで生きてゐる

鶴が来て母の手紙のやうな雪

夙《つと》に思ふ父ありし日の燗《かん》熱し

たましひの色を尽して竜の玉

千枚漬紙漉《す》くほどの雪降れり

湯豆腐やもすこしこの世に遊びたし

歳月の沖に火を焚く漢かな

もの思《も》へば二日の暮るる一樹あり

詩のつばさ持ちて日暮の鶴来るか

俺の詩はブルースなりし姫はじめ

屯《たむろ》するスロットマシーンの赤い冬

初ＣＤさうだブルースの詩を書かう

寂寥といふ水脈《みお》のあり女正月

銀座「卯波」閉店

牡蠣《かき》鍋やまた一つ消ゆ昭和の灯

むささびに黄色い死亡時刻あり

葉牡丹の渦の中なる月日かな

福島勲

冬の水いのちあかりと思ひけり

軀《み》の壺にいのち満たせよ寒の水

またとなきいのちなりけり蕗《ふき》の薹

風狂のいのち惜しめよ蕗のたう
冬かもめ父の荒野を越ゆるべし

雲の色して寒鯉のいろ動く

ラグビーのゴールに伸びる影ひとつ

ラガー等に大きな夕日落ちにけり

ある冬の日暮の水にこころ寄る

コインロッカー北風《きた》吹く夜となりにけり

ＣＭのあとは真っ赤な手鞠《てまり》歌

男たちのブルース

歩きつつ秋の日暮となりにけり

秋高しポタージュスープにパン浸す

澄む空のひとりに耐へてゐたりけり

ブルースや日暮の似合ふ人とゐて

水買つて色なき風のなか帰る

菌《きのこ》生え微熱を持ちし山の空

天高し手足さみしくなりにけり
いちにちのこころ足りたる栗の飯

露冷のいのちが天にひざまづく

一駅の秋の時雨となりにけり

サルトルの実存主義の南瓜かな

無力なる脳《のう》髄《ずい》にコインシャワーの秋

帰らざる父待つ駅の赤のまま

雲が追ふ雲あり月の秋《しゅう》燕《えん》忌

澄む空に水のこゑある秋燕忌

生き様のふどしを締めて天の川

叛逆の十七文字や天の鷹

鮭打ちの男がひとり灯を落とす

水割りや胡桃《くるみ》のなかに人のこゑ
ジョニ赤を啜りて秋を惜しみけり

晩秋や流離の果ての日暮の樹

淵脇護

叛逆の襲《そ》のたましひや鷹渡る

ゆく秋の夕日に染まる耳ふたつ

初しぐれ獅童の眉を濡らしけり

ゆく秋の日のしづかなる水の際《きわ》

止り木の健次と秋を惜しみけり

缶蹴れば遠い記憶の火事ひとつ

立冬の一樹の空のありにけり

初しぐれ子規の不在の子規の家

秋山巳之流
もののふのこころを継ぎて火を焚けり

忘年の指より昏れてゆきにけり

家中に枯葉降りゐる家族あり

鯛焼の鰭《ひれ》を焦がして開戦日

十二月八日赤い電話が鳴つてゐた

冬空へ出て旅人となりにけり

おほかたはコップの中の火事ひとつ

枯野ゆく赤き水脈涸《か》れずあり

ゆく年の時間が水のごとくあり

コート着て身ぬちの海の鳴りにけり

煤《すす》逃《に》げや老人が吹くハーモニカ

大年のジャスコの水を買ひにけり

垂直に青空のある冬木立

河豚《ふぐ》食つて俳句に胡坐《あぐら》してをりぬ

ポケットにふと手のありし師走かな

靴底で消す煙草火やレノンの忌

歳晩の火を焚いてゐる飢餓海峡

悴《かじか》みて岸上大作のゐる渋谷
生みたての玉子を買ひに陛下の日

聖樹の灯奈落の貌を照らし合ふ

誰《た》が撃ちし薬《やっ》莢《きょう》拾ふレノンの忌

星空のなかへ聖夜の燐寸《マッチ》の火
ゆく年の日暮のころのありにけり

肉買つて坂道帰る小春かな

雪の夜やアップルパイを焼いてをり

一刀のごとき詩を欲る寒椿

冬深しいつぽんの道立つてゐる

ポインセチアの赤が挑発してをりぬ

数へ日の日を余したる橋にあり

牡蠣提げて星降る橋を渡りけり

コートの襟立てて修司に遠きかな

煤逃げの男がクロールしてをりぬ

ポインセチア母の視線の中に置く

歳晩の今日も来てゐる日暮の樹

秋山巳之流

止り木に孤島のやうな男ゐる

年の瀬の我孫子《あびこ》の駅に日暮たり

父消えし沖の海鳴り小六月

子規・虚子のこゑを蔵《ぞう》して竜の玉

小春日やいつぽんの樹に近づきぬ

クリスマス・イヴぼくは遠くの海にゐる

歳晩や水に捨てたる水の音

二月の椅子

陽だまりに椅子ふたつ在る二月かな

二月の椅子わたしは誰かを待つてゐた

五月の椅子過去の誰かを待つてゐた

九月の椅子見知らぬわたしを待つてゐた

その人と二月の光の中にゐる
ここだけが遠い二月の雨が降る

冬のカクテルお前が捨てた街にゐる
ひかりつつあしたお前は風になる

獄にゐて春燈かぎりなく遠し

湯豆腐やなにゆゑいのち永らへし

胡桃割る守るべきもの捨てて来て
漂泊のこころに触るる秋の水

秋の暮回転椅子をまはしけり

ちちははのゐる晩秋の日暮の樹

昼火事や昭和の父が立つてゐた

ゆく年の部屋を金魚が横切りぬ

現実をダンボールに詰め年暮るる

やがて来る死の沈黙や鰤起し

獄中

ゆく年の人ゐる窓の灯りけり

銀漢の辺境にゐて年を越す

夕凍《し》みの滝は天地を貫ぬけり

その下になにもなかりし余寒かな

ゆく雁やわが晩年の水辺あり

ドロップの缶より春を取り出しぬ

みづうみを一枚剝がし初諸子《もろこ》

柿の木坂

秋山巳之流

降り積もる時間と記憶風光る

六十六年のいのちなりけり雲に鳥

蜃《しん》気《き》楼《ろう》の彼方に消えてゆきしもの
春の虹応へよ生きるとは何か

早春やいのちの深き水がある

きさらぎの柿の木坂に日暮るる

ニューヨーク時間の亀に鳴かれけり

早春やコップの中の水平線

春の昼水のかたちに時間あり

紅梅のなか鴛《おし》鴦《どり》の流れゆく

うぐひす餅いのちほのめく日なりけり

春昼やわれの倚《よ》るべき柱立つ

春を待つこころに人を待ちにけり

宅配のピザ食べてゐる建国日

レモン一個卓上にあり冴え返る

春立つや部屋いつぱいに海がある

警官がサックスを吹く建国日

もののふがジョニ赤飲みし西行忌

亀鳴くやお前はどんな海を見た

薄氷《うすらい》やどこより遠い場所にゐる

げんげ菜の花この道行けば母に逢ふ

亀鳴くやかくも幼稚な日本人

つぼやきやいまも波郷の詩を愛す

たんぽぽやいのち惜しめと言ふごとし

雨降ってやさしい春となりにけり

なかんづく孤独の亀の鳴きにけり

逃げ水や死なれて困ることもなし

とある日の春の時雨の駅にあり

傾きし空《から》の巣箱や卒業す

卒業や木《も》綿《めん》のやうな雨が降る

夕汐の満ちくる橋や雛まつり

薄氷や空いちまいを剝がしけり

ある晴れた日の三月を踏みにじり
銃声がひとつ雪解の夜なりけり

雨の夜のカラオケルームに春逝かす

花夕焼

秋山巳之流

ありし日の花の吹雪に遊ぶべし

かげろふや人のかたちに消えゆけり

今日生きて今日の花見るいのちかな

花夕焼詩歌は常に寂しかり

春の虹なにか落としてゆきにけり

捨てがたきものを捨てきし落し角

家族といふ玩具と遊ぶ落し角

なにを背に生きるをとこや花の雨

花あれば寂寥といふ詩の器

アマンドに人待つ白き日曜日

花の日の空が淋しくなりにけり

吉野

桜いま天のものなる月夜かな

春《しゅん》泥《でい》の夜はブルマンを挽《ひ》きにけり

春愁を詰め込んでゐる山手線

三月や水より空の流れゐる

おぼろ夜や月光を弾き征《ゆ》きにけり

花あればわけても西を思ふかな

雪解川身ぬちの荒地ながれけり

秋山巳之流

花しぐれ去年《こぞ》に逝きたる人のこゑ

逃げ水や家を捨てたるにはあらず

てのひらの朧は砂となりて落つ

深き春ひと墜《お》ちてゆく午後のあり

修羅がゐる花降る駅のとある午後
風船と風船売が昏れてしまふ

孤独なる象のハナ子に花が降る

踏青《とうせい》やいのちの水脈のありどころ

東京の真ん中にゐて春愁

花夕焼きのふといふも遠い午後

生きてゐて今日があるなり花遍路

チェロ寝かせある朧夜の地下のＢＡＲ

憑《つき》神《がみ》に彼の世の花の吹雪きけり

昼からは誰にも逢はず花に雨

花夕焼ものみな遠くなりにけり

風船を放ちて夕日引き止めよ

ゆく春や生絹《すずし》のごとき夜が来る

山本健吉忌

秋山巳之流

花冷の火宅の人の目玉かな

春深き胃の腑に溶けぬ時間あり

花冷のひとりの部屋に帰りけり

逢ふもまた別れも花の時雨かな

父母のなき世を永らへて豆ご飯

ふらここやひと日かならずゆふべあり

風船を放ちて赤い手が残る

汲み置きの水に夕日や健吉忌

花冷や摑みそこねしものは何

誰もある胸の虚空や花の雨

利き腕をまくらに春を逝かしけり

秋山巳之流

葉桜や火宅の人が駅にゐる

海の香を吐く牡丹の赤があり
ボリュームを上げてジャズ聴く修司の忌

修司忌やいくたび母を殺《あや》めしか

花は葉に雨降る午後となりにけり

モディリアーニの少女が雨の薔薇を剪《き》る

寂として薄暑の水が卓にあり

荷風なきアリゾナにゐて春惜しむ

うつくしき夕映えのあり健吉忌

しじみ汁無頼といへど母恋し

春雨やこころ寄りゆく日暮の樹

逃げ水や人のかたちに時間あり

白魚やうつくしき客あれば足る

万緑の何か失せゆく夕べあり

遠く来て流離の泉ありにけり

泉あり静かに過去の流れだす
うすものや時間が少し痩せてゆく

五月雨や昨日が沖のごとくあり

崩れざる牡丹の白や健吉忌

手つかずの木曜日

花ふぶき詩歌にいのちありにけり

愛鳥週間《バードウィーク》日暮の駅の椅子にあり

浴場に少女が泳ぐ寺山忌

短夜の夜明けは橋の残りけり

四月一日わたしに開くドアがない

花あれば花の吹雪のなかに父

ウェハースの椅子に春愁ありにけり

春風のほかは持たざる手がありぬ

雪月花おのれに何もかも遠し

ゆく春のどこに手をかけ生きんとす

焼酎やまだ手つかずの木曜日

水遊びレノンの歌の遠くより

愛鳥の日の海を見にファーブル氏

桜桃やしづかに時間辷《すべ》り出す

また今日の重さをまとひ五月逝く

はつ夏の午後の窓辺に海を置き

焼酎や空のどこかに戦火あり

たましひの呼ばれてをりし泉かな

もののふのこころに太刀を飾りけり

きのふありけふの卯の花腐しかな

海へ出る非常扉につばめ来る

手つかずの午後のありけりハンモック

ゆふぐれの泉に五指を開きけり

いつからが引き際なりし麦の秋

夕河鹿《かじか》遠いところに来てをりぬ

はつ夏の星より洋燈《ランプ》吊られけり

万緑やパンの袋に巴里の地図

薔薇咲くやマンハッタンの通り雨

豆の飯母ありし日の夜と思ふ

冷奴ひと日いのちを惜しみけり

カーテンの向かうに夏が立つてゐた

蚊《か》遣《やり》火《び》にしづくのやうな夕日あり

白《しろ》地《じ》着て今日つつがなき手を洗ふ

水遊び日暮に青き時間あり

父の日の凡なるひと日はじまりぬ

父の日の椅子

父情さびし水の暮れたる金魚かな

父の日の日暮来てゐる父の椅子

父の日や父の柩に帆を降ろす

自販機のマルボロを買ふ父の日よ

丸ビルの緑の雨となりにけり

退屈な会長室の梅雨鯰

白南風《しろはえ》や日暮のジンが卓にあり

白地着てチェホフ遠くなりにけり

よりどころなき日の続き夏帽子

まなかひに青き海ある夏みかん

はつ夏の水こぼしゆく少女あり

残業や卯の花腐し夕焼けて

エアコンのなかなか効かぬ桜桃忌

ヤクルトを飲みをる梅雨の鯰かな

昏れゆきて静かに梅雨のはじまりぬ

父の日やわれに乗るべきバスの来ず

うすものを着て阿佐ヶ谷のメガネ店

死ぬ時はいつもひとりや桐の花

獄を出て四年

過ぎし日は昨日のごとし冷し麦

たましひの溶け出してゆくダリアの夜

ナイターの日暮は水の色なりけり

あはあはとナイトゲームの虚空あり

父の日の地下街にゐて日暮たり

閒村俊一氏

白南風やカフェのテラスに鶴の鬱《うつ》

仮の世のほかに世はなし溝《みぞ》浚《さら》ひ

行く当てのなき晩年の夕焼川

オムレツのふんはり焼けて夏越《なごし》祭

あるがまま生きて茅《ち》の輪《わ》をくぐりけり

笛の音にわが形代《かたしろ》の流れゆく

夏至《げし》の日の静かに窓の暮れゆけり

うすものや身ぬちに水の流れをり

白南風のロビーにひとり坐りゐる

父の日や温もり残る父の椅子

ダリア剪るガラスのやうな午後のあり

愛鳥の日や補《ふ》陀《だ》落《らく》に夕日落つ

桜桃や音楽のある詩を書きぬ

うすものやいつか無頼を遠くして

キャメル吸ふ夏至の夕べの父の椅子

梅雨の夜のコインロッカー発光す

何求《と》めて泉のこゑのあるばかり

緋のダリア夜がしゆるしゆる降りて来る

真っ赤な夏少年は匕首《ひしゆ》となりにけり

百円のライターを買ふ油照り

原爆忌録音テープの波の音

原爆忌ＡＢＣのマッチの火

ジュークボックスの中は真つ赤なサマータイム

いくたびも母を泣かせて蟬しぐれ

母・照子の命日は長崎忌なり
ひぐらしのほかは聴こえず長崎忌

週末のプールに女たちのタンゴ
男たちのブルース晩夏の月曜日

あとがき

角川春樹

「河」の八月号は中上健次の特集号となった。中上健次といえば、思いを馳せるのは、昨年の十一月七日に大腸癌で逝った秋山巳之流のことである。中上の編集担当であった秋山は、中上に呼び出され新宿二丁目のＢＡＲで朝まで付き合わせられることも屢《しばしば》であった。

秋山が彼岸に旅出ってから、次に刊行する一行詩集は秋山巳之流を偲ぶ一冊にしようと決めて、七カ月が経った。タイトルは秋山に因んで「火宅の人」と考えていたが、檀一雄の同名小説があることも気になり、中上との交友を含め、ブルースが好きだった二人の男たちの鎮魂の意を込めて「男たちのブルース」に変更した。私は、詩には音楽が必要だと考えている。音楽のない俳句を読むたびセンスのなさに失望してきた。一行詩のリズムとは、五七五という定型にあるわけではなく、作者の内在律である。その内在律が音楽を奏でないようでは、それは詩とは呼べない。また、その音楽性は個々違っていて当然なのだ。歌手の長渕剛は、私の『JAPAN』に「わが兄、春樹！」という一文を寄せているが、その中で長渕は次のように語っている。

父ちゃんから形見としていただいていた備前長船の日本刀を私は、毎日磨いているが、このJAPANを読むたび背筋が凛としてくる。
つまり、春樹の句は日本刀だ。
光る鋭利な感性そのものだ。
だから句を読むと、
悲しいほどに、日本人であることに誇りを抱き、生きたいと願うのだ。
（略）
JAPANという句集のひとつひとつが
俳句界の中に於いても
革命であることを知るべきだ。
フォークでも歌謡曲でもポップスでもなく、
まさしくJAPANESE　ROCKだ。

グサッと突き刺している。
何を。
私の日本を、私のふるさとを。

私は一行詩集『男たちのブルース』の選を、何人もの人たちに依頼した。その中で、選と共にメッセージを寄こして来たものを、いくつか抜粋する。「俳句界」の元編集長であった山口亜希子は、

寂寥感に満ちた、お二人の相聞挽歌が響くブルース、ありがとうございました。
束の間秋山さんの不在を忘れられました。

福原悠貴は、

『男たちのブルース』のすごいパワーに、圧倒されます。選んだ句を写していると、気がつけば身体から汗……。

一文字、一文字から受ける世界が、限りなく広がります。
信じられないようなエネルギーですね。
手にし、目にし、時には口に出して、読んでみました。
このたびは、とても貴重な時間になりました。

若宮和代は、

作句の時に一句一句に注がれる「いのちと魂」だけでなく、読ませることに、かくまで神経を張りめぐらさせる主宰のすごさに、ダイレクトに出会えたことが、とてもうれしく幸せでした。一行詩に向かわれる主宰の凄まじいまでの心が、すぐそこにあるように感じられ、鳥肌が立っております。今、一行詩の道を歩いている私にとって、こんな至福の時はありませんでした。

山口亜希子の別の手紙に、一行詩集『男たちのブルース』は、古代の挽歌であり、相聞歌の「孤悲《こい》」を思い浮かべた、とあった。確かに、私は秋山巳之流や中上健次への孤悲のブルースを作曲したつもりだ。

男《おとこ》たちのブルース

著　者　角川春樹《かどかわはるき》
発行者　小田久郎
発　行　株式会社思潮社
〒一六二―〇八四二　東京都新宿区市谷砂土原町三―一五
電話　〇三―三二六七―八一五三（営業）・八一四一（編集）
ファクス　〇三―三二六七―八一四二
印　刷　凸版印刷株式会社
製　本　小高製本工業株式会社
発行日　二〇〇八年十月一日